歌集

切り株

白井陽子

Shirai Yoko

六花書林

白井陽子歌集

『切り株』栞

六花書林

日常詠の奥深さ

永守恭子

登場人物は娘夫婦と孫。夫と弟と亡き父母。それだけである。みどり児だった孫娘が、もうすぐ小学生というところまでの歳月。日々の生活をうたい、家族をうたう白井陽子さんの歌集『切り株』は、「日常詠」の作品群である。

「ひなこもおとなになるん？」眉寄せて聞きくる三歳　大きくおなり

ムスカリは好きな青色と三歳はアンパンマン鋏でみな摘み取りぬ

「よかったら」が「一緒にやろう」の上に付く積み木に誘う五歳二か月

「ひなこもおとなになるん？」と三歳にして「眉寄せて」こんな質問。優しく応えている。好きな色だから、大好きなアンパンマン鋏で全部摘み取ってしまった。少々乱暴だが無邪気な幼児の行動である。大人の言葉をキャッチして使う五歳。生まれてわずかの間にぐんぐんと成長しているのがわかる言動を白井さんは見過ごさない。こうしたどの歌にも温かな眼差しと手触りがあり、孫娘の存在が浮かびあがる。言葉にしておかなければ消えてしまっただろう幼児の光景をうたい留めていることの尊さを思う。

「やめたらあかん」母のひと言と手助けに仕事続けて今日のわれあり

一輪車にたまねぎ七把積み上げてわが生き様とぐっと押したり

くり返しくり返せる日々有難し　今日も冷たいスイカがうまい

よそ様は羨むけれどなかなかに　娘夫婦の隣家に暮らす

いつどこで何があるかはわからない今日を今日で仕舞いて眠る

じゃがいもを植えんと土を耕せばほんわか黒く春の匂いす

母がしてくれたことを忘れず、それはそのまま娘への応援に繋がっていく。七把の玉葱を「ぐっと押したり」という姿こそ「わが生き様」だという自覚がある。「くり返しくり返せる日々有難し」の実感を、昨日も「今日も」多分明日も「スイカがうまい」と具体的にし、娘夫婦と隣り合わせの暮らしが引き起こす面倒は「なかなかに」に匂わせる。「今日を今日で仕舞いて」と一日の無事を感謝し、季節を感じる柔らかな瞬間がある。日々の身辺に起こる些事を切り取ってうたう歌には、白井さんの豊かな表情が見え、細やかに動く内面を感じる。

『おおきな木』の切り株のようになりたいと思う日々なり　ひょごひょご動く

歌集のタイトルは絵本『おおきな木』からきているようだ。「子や孫がほっこり座れる」

「切り株」を自分の役割として、生に向き合う姿を見せる。それにしても「ひょごひょご」とはユニークな擬態語。道化じみた音には温かみがあり、甲斐甲斐しさが目に見えるようだ。表現に凝るよりも、自らの感覚に基づいた平明な言葉でストレートにうたうところに、白井さんの持ち味があるといえよう。

寝ころびて二階の窓に空を見るいつか見た青 底のない青

暮れてゆく西の空には三日月が細く細くあり母を思いぬ

夕暮れて重くなりゆく雲の色児を抱き上げて眺めておりぬ

二歳児のどんなしぐさも可愛くて この先にある遠い道のり

今見る空といつか見た空の「底のない青」。細く細く浮かぶ三日月や「重くなりゆく雲の色」。いずれの歌においても眺めているのは「今」ではなく、過ぎてきた遠い日の空や母、夜へと向かう雲の色や「この先にある遠い道のり」である。家族のために忙しく働く白井さんだが限りある生ということを常に胸底に置き、時に人生の道のりに思いを馳せるその歌は、過去から未来への時空間を抱えて膨らみを見せ、奥行きの深いものとなっている。

ドアを開けおい元気かと夫の言う湯ぶねに沈みものを思えば

静かなり「けんかもいっぱいしたよね」と五月の庭にふたり並んで

ん」と大きな声で呼んでみる夏の終わりのひとり居の真夜

でも「おい元気か」と見守ってくれている夫であった。歌集の終わりの方に来て、堪え難く悲しみ深い出来事が起こる。この時も歌は調子を変えず淡々としているが、静かに抑えられた心が滲み出て胸を打たれる。悲しみの非日常はまた日常へと時間をかけて馴染んでいくしかないということを、白井さんは心のどこかで嚙み締めているように思う。日々の歌はいつもの営みにゆっくり戻りつつある姿を映し出している。

特殊な素材ではなく、日常生活の中のささやかで平凡な素材であっても、歌にしようと思ったからには、物事に感じるという心のはたらきがそこにあったのは確かである。一首一首に、忘れてしまったかもしれない生の手触りを残してゆく日常詠の奥深さ。白井さんの歌集を読めば生きることへの慈しみと愛しさが湧き上がるだろう。

生の原郷

なみの亜子

白井陽子さんの歌とは、結社誌や歌会で長いつきあいがある。この度まとめられた第二歌集『切り株』も、よく知っているご近所さんに会いにゆく、そんなふうに気楽に読み始めた。ところが途中から、なんだろう、と心の中で声をあげていた。読み終わって、これまでに覚えたことのないような感慨でいっぱいになった。圧倒されてしまったのだ。

歌集には、白井さんの一人娘が出産し、やがて一家で白井さんの隣に家を建てて引っ越してくる、そんな日々が収められている。共働き夫婦のために、白井さん夫婦が孫の世話をする。コロナ禍で家居が続いたこともあろうか、自ずと至近で暮らす娘の歌、孫の歌が多くなる。だが、特に娘の出産直後から孫にまだ手がかかる頃までの歌には、いわゆる孫歌、におさまらないものがあるのだ。私の、なんだろう、はここから来ている。

　「目を見て」と娘はわが児を叱りいる母となりたる娘《こ》を見つけたり

　草むらに娘は児を連れバッタ追うわれが娘《こ》を連れ追いし草むら

例えば引いた一首目、「わが児」を叱る「娘」に、「母」となった「娘《こ》」を見ている。二首目、「児」を連れてバッタを追う「娘」に、かつて「娘」と遊んだ「われ」を思い出す。「孫」を詠む視野には「娘」が居る。「母」のわれも居る。だから一首にする。だが、こう一首一首のなかでは、「母」「娘」「孫」「子」「児」など、直系血族の呼称が渋滞をる。小さな詩型にあって、かなり濃度が高い。この濃度が独特なのだ。

にと聞かせればそばで娘がとろりとなりぬ

抱きしめてと夕餉の後に娘《こ》が言いぬ己がバランス崩しいるらし

母がわれにしてくれしこと思いつつ今日も娘の手助けをする

サトイモの花を見しことかつてありイモの葉かげに母を待ちつつ

合間に挟まれる「娘」がまた濃い印象を残す。一首目は出産間もなくだろうか。赤子に子守唄を聞かせていると、その母である「娘」がとろりとなった。わが子守唄に眠りを誘われる、「子」の頃のままの「娘」を見ている。二首目は少し驚いた一首。大人同士の母と娘が、言語を介さず、存在まるごと抱き合うことで心のバランスを保つ。母子一体の感覚がずっと続いているかのように。そうして娘と孫と共に過ごしながら、白井さんはしきりに亡き「母」を歌に呼び出す。三首目、「母」がかつて「われ」にしてくれたからする。それが「母」というものだ。毅然とした迷いのない心。ふっと「母」を待っていた「娘」の私を思い出す。「サトイモの花」が「母」と「娘」の原風景のなかで陰影深くそよぐ。母〜私〜娘〜孫。この歌集で、独特の濃度と相当な歌数でもって描き出されているのは、母子の結びつきの尊さ、母系のリレーや継承、そういうものなのではないか。孫歌におさまらない、「母」なるものへの原初的にして系譜的なまなざし。白井さんはそこに居て「母」を思い、また「母」を生きている。生の原郷としての「母」。そんな風に読んで、この一巻が一人の女性の、原郷を訪ねる力強い叙事詩のようにも思えて感動したのだった。

金色にほっぺの産毛が光りたり夕日見せんと三歳抱けば

「よかったら」が「一緒にやろう」の上に付く積み木に誘う五歳二か月

携帯に「自分を大事にして」の文字残る夫の思いを反芻しおり

「とうちゃん」と大きな声で呼んでみる夏の終わりのひとり居の真夜

やがて孫は成長し、しっかりした個性を発揮していく。白井さんはその命の発露に目を見張り面白がり、いきいきと表現してゆく。生を楽しむのが上手な人だ。だが歌集終盤では、人生の伴走者であった夫を病で失う。残されたメッセージを繰り返し読み、「とうちゃん」と声に出して呼んでみる。歌にすることで抱きしめ直されている大切なものたち。

大空へ背を伸ばしたり畝の上《え》に髭持つ玉ねぎずらりとならべ

白き花を児に見せたくて畝の端《は》に大根五本を引かずに残す

それでも畑に出て、作物を育てる。家に帰れば、娘や孫の声がしている。そこにほっとしながら読み終えた時、不思議な懐かしさを感じていた。はっきりと現代的な家族だが、その家族が原郷性ゆたかな詩となって発してくるのは、体温のような温たさ、血流のような鼓動のような不思議な音。それは今の私たちが失ってしまった温感、響、のような気がして、なにか懐かしい。そしてそれらがたちのぼり、聞こえてくる地平には、土の香のする畑、陽に水のぬくむ田んぼが広がっている。白井さんの母から娘へと受け継がれ、命を育み、営みを抱擁し、喜怒哀楽を受けとめてくれる地。白井さんの歌の声は、地続きの強さと素朴さと純度をもって、まっすぐ人間の根っこに向かってくる。

半年をまた母の田んぼを守ったと玉ねぎ引きつつひとり呟く

わが骨を匙に一杯ふるさとの田んぼに撒いてと夫に頼みぬ

子や孫がほっこり座れる切り株にわたしは未だなれぬままいる

女四代の系譜

松村正直

二〇一九年に和歌山で白井陽子さんの第一歌集『あすなろのままに』を読む会が開かれた。家族を詠んだ歌が多くの共感を集める一方で、少し厳しい批評も飛び交ったのを覚えている。私も、母や娘といった立場や役割に基づいた歌が多い点を指摘し、今後はひとりの人間として作者自身のありようをもっと詠んでみてはどうかという話をした。

今回『切り株』を読んで驚いたのは、その時の予想がまったく当たらなかったことである。見事なまでの外れ方を見て、そこに作者の芯の強さを感じた。それだけではない。私が「立場や役割」としか捉えていなかったものが、作者にとっては生きる意味そのものであることに気付かされたのである。

この歌集に詠まれる家族とのつながりは非常に濃い。夫が、娘が、弟が、亡き父母が次々と歌に出てくる。中でも孫との関わりは大きなテーマとなっている。

水しぶきを摑まんと児は手を伸ばす水車の回る蕎麦屋の店先

四歳は見て見てと見せくれぬ海遊館で撮りしママの足

「プリキュアにまだ変身ができやん」と鬼の来る日を児は恐れおり

歌集の初めに「赤児」であった孫は、歌集の終わりでは小学校入学を目前に控えている。〇歳から六歳までの孫の成長の記録と言ってもいいくらいだ。病院で働く娘の代わりに作者が孫の世話や相手をする時間が長かったらしい。

歌に出てくる孫は実に生き生きとしている。水車が立てる水しぶきを摑もうと手を伸ばしたり、水族館では魚でなくママの足を写真に撮ったり、節分に来るという鬼を本気で怖がったり、のびのびと育っているのが感じられる。どの姿もふだんから身近で接している者にしか切り取ることのできない場面だろう。

孫を育てる中で、作者はかつて娘を育てていた日々のことを思い出す。子育てと孫育てが数十年という時間を超えて重なり合うのである。

赤児抱く娘のそばで娘《こ》を抱きしわれの時間を巻き戻しおり

草むらに娘は児を連れバッタ追うわれが娘《こ》を連れ追いし草むら

夢に来て吾と遊ぶ児は目覚めれば娘か孫かよくわからない

孫を抱く娘の姿を見ると、かつての自分と娘の姿がまざまざと甦ってくる。そうした過去の時間を再現するかのように、孫育ての時間が始まったのであった。

一方で、娘を助けて孫の世話をする日々は、かつて自分を助けて娘の世話をしてくれた亡き母の思い出にもつながっていく。

母がわれにしてくれしこと思いつつ今日も娘の手助けをする

わが家の上棟式の記録あり「母のおにぎり釜四杯分」

子の建てる家の節目におにぎりを握ることなく見守りており

仕事をしながら子育てしていた自分を手助けしてくれた母を思い、その思いに応えるように、今度は自分が娘を手助けするのである。時代は変って家の上棟式におにぎりを握ることはなくなったけれど、娘を思う母の気持ちに変わりはない。

こうした歌から感じるのは、母・作者・娘・孫と続く女四代の系譜の強さである。産んでは育て、産んでは育てを繰り返し、人間は長い歴史を築いてきた。そうした系譜の中に自分が存在することの安心感と充足感。そこに生きることの意味がある。それは「立場や役割」といった見方をしている限り到底わからないものなのだ。

　ひょごひょごと日々を生きればそれでいい母の歳まであと十余年
　『おおきな木』の切り株のようになりたいと思う日々なり　ひょごひょご動く
　あとしばしひょごひょご動き子や孫がほっこり座れる切り株目指さん

シェル・シルヴァスタインの絵本『おおきな木』に出てくる林檎の木は、少年に実を与え、枝を与え、幹を与え、最後は切り株になって男を座らせる。それが作者の目指す理想像なのだ。「ひょごひょご」という独特なオノマトペが味わい深い。おそらく今日も娘のため孫のために、作者はひょごひょご動き回っていることだろう。

〈日菜子の描いた絵〉

2022年5月

2022年12月12日

2022年11月18日

ねこのろいちゃんとみっちゃん

2023年5月13日

くじら組はみんな水色の帽子。山登りで8kmを歩いた。

2023年12月

切り株　＊　目次

I

二〇一八年

二〇一九年

二〇二一年

Ⅲ

二〇二二年

切り株

装幀　真田幸治

I

軒を打つ風

軒を打つ風を聞きつつ過ごしいるふたりに戻りて年越す夜を

隣家との屋根のすき間に空見ればふんわり霞むまるい月あり

行き違うどの車にも新年のしめ飾り無しわれは内側にす

一抱え藁をもらいぬ欲しいだけとればいいよとたまねぎ小屋で

「無かったら持って帰りよ」田に入りてキャベツを三個切ってくれたり

いつもと違う今日

ぶいーんと朝の厨のテーブルに血圧計は音を響かす

駆け上がりゆっくり下がる数字ありわが腕に巻く血圧計に

まったりと過ごす予定の朝なれば血圧計もまったりとして

ベルが鳴り子守り要請掛かり来ていつもと違う今日が始まる

和歌山と大阪分けるトンネルの上に広がる広い空あり

いつもなら眺めぬ山並み眺めやる二十六号線の渋滞に

縛られるわれの時間もほどけゆく口をまるめて笑まう赤児に

赤児抱く娘のそばで娘《こ》を抱きしわれの時間を巻き戻しおり

子守唄を娘の児にと聞かせればそばで娘がとろりとなりぬ

六瓢息災

届きたる雛人形を二親《ふたおや》は「これはそこ」など言いつつ飾る

人形に刀や扇を持たせるを娘は子にもさせたいと言う

ちぎり絵のひょうたん六つ色分けて六瓢息災のはがきを貰う

感謝状を夫にくれるらし退職後、原水爆禁止運動に力尽くして

感謝状を受け取らんとて雪のなか夫は東京へ出向いて行きぬ
原水爆禁止日本協議会第九〇回全国理事会へ

してやれることまだありて子の家へ雪のちらつく峠を越える

裏返して着せれば良いと気づきたり外縫い肌着を店に探して

だだだだーはだっこの要求みどり児はまるく口あけ両手を出して

小児科の入院ベッドに母と居て児は柵つかみ伝い歩きす

警笛をぷっと

警笛をぷっと落として帰りゆく駅までわれを送りて夫は

乗る人のまばらな車内に日のさして窓に見る田は草萌え始む

なんとなく感じる日ざしの輝きを手帳に確かむ今日は啓蟄

停まるたび入りくる風の冷たくて車内にしばし春遠ざかる

その人の顔が　気にほころびぬ「ばあちゃんね、今電車の中よ」

むくむくと山に色塗るやまざくら孝子《きょうし》峠の道の向こうの

暮れてゆく西の空には三日月が細く細くあり母を思いぬ

暮れ残る空からかすかな風が来てたまねぎ畑に春の匂いす

わがままを言いても返事のやわらかし近ごろ夫に白髪増えて

どれもみな同じ角度で曲がってるテーブルの上の四本のバナナ

花びらがふわり散る日の昼下がり天守の曲輪にたんぽぽが咲く

ひっこし

「かぜのこ」はわが娘《こ》の通いし保育所なり高台にあり今は認可の

保育所の近くへと娘《こ》ら引っ越しぬ育児休暇の明ける直前

うぐいすや蛙鳴く声きこえるとひっこし終えて娘《こ》は玄関で

うで伸ばし手のひらひろげ手を振りぬ道行く人に児はバイバイと

わが家から子らの住まいが近くなりわれの時間の密度高まる

晴れわたる五月の空はまぶしくてトマトにきゅうり、瓜を植えたり

孝子《きょうし》越え空き家となりし子の家へ走る車窓は何かがちがう

いくつかの家具残したる子の家の窓に風入れ片づけをする

子の庭に株分けしたる芍薬のつぼみふくらむ　母の芍薬

いっせいにだんごむしらは逃げ出しぬ積まれた草を取り除けられて

小判草

小判草のぴらぴら揺れるを見つめたりいつもの道に信号待ちて

憲法の九条守れの呼びかけを気持ち合わせてバス停に聞く

ぴんころりを目指ししっかりわがために時間を使えと友は笑いぬ

ひとときの梅雨の日ざしに畑《はた》へ行く瓜もきゅうりも花をつけおり

名前書き息を吹きかけ人形《ひとがた》を六月祓いに夫は持ち行く

当駅で行き違いをしますのアナウンス二里ヶ浜駅に青き風吹く

九時半に「めでたいでんしゃ」が通るから家の近くの踏切に待つ

青は「かい」ピンクは「さち」と名付けられめでたいでんしゃは加太線走る

やめたらあかん

真夜中にエリアメールが六回も続けて届く雨音激し

「あ、雨漏り」敷居の上にバケツ置く遠い記憶のようなできごと

押入れの奥に木の箱見つけたり娘の遊びし積み木詰まりて

縁側でひとつひとつをていねいにタオル濡らして積み木を拭きぬ

えびの絵の積み木の裏は「え」とありて指でおさえる子の顔浮かぶ

かがみ文字でまたあそぼねと絵にそえて書かれたる紙茶色くなりぬ

「やめたらあかん」母のひと言と手助けに仕事続けて今日のわれあり

母がわれにしてくれしこと思いつつ今日も娘の手助けをする

児の夕餉を何にせんとて本を繰る十二カ月児は刻むこと多し

みどりごからＲＳウイルスをもらいたり娘もわれも鼻水出でて

父母を知るもの

すくと伸び大きな葉かげに花の咲く芋茎ふたかぶ風に揺れおり

サトイモの花を見しことかつてありイモの葉かげに母を待ちつつ

だいこんの双葉がふたすじ畝に伸ぶ昨日の雨に土ふくらみて

竿下ろし物干し台も横にして風を聞きつつ台風を待つ

わが地区に避難勧告出たらしい娘は電話でようす問いくる

ろうそくの揺らぐ炎を中にして夫と食べおり夕餉のトマト

台風に玉ねぎ小屋が倒壊す父母を知るものまたひとつ消ゆ

買い手決まる

子の家の買い手決まりたり山あいの泉州の道にすすきがゆれる

三畳の和室のありき　娘《こ》の植えしつりばなの木は庭に残れり

ひよこ組

「ひよこ組」は運動会の輪の中に板の坂道這いて上《のぼ》りぬ

柿ふたつちいさな袋でもらいたり赤き柿の葉一枚添えて

手をたたくと鉢のメダカはいっせいに音に寄り来る耳鼻科の軒先

お迎えのばあばより先に歩き出す一歳の児はお尻をふりて

穭田で夫が手をパンと叩きたりパッと雀があまた飛び立つ

夕暮れて重くなりゆく雲の色児を抱き上げて眺めておりぬ

娘からこれから帰ると電話あり児は「ママ、ママ」と玄関を指す

土日には少しゆっくりせよと言い娘はそれなりにわれを気遣う

猪口三つ

入り口で片膝立てて西行は訪う人々を内へ誘う

西行像はいくつもありぬ僧衣着て左脚立つるは天明の作

「火の用心」深夜の窓に聞こえくる拍子木打ちて村まわる声

「羅生門」の小瓶を三つ猪口三つ並べて夫は上機嫌なり

もらい風呂に母と入れば湯の増えて肩まで浸かりき　年の暮れゆく

みさき公園

北風がコートの中まで入り来る一月六日のみさき公園

高き木に吊るされた籠の餌を食むきりんはその首伸ばしたままで

遊園地で母に抱かれてみどりごは上下しながら前の馬見る

春

短パンの若きがわれを追い越しぬ桜並木はまだ芽が固い

子らの声聞こえ来たりぬ夕暮れのぶらんこふたつ空《から》で揺れおり

凧糸を引かれし凧が撓うごと鳶のつばさは微かに動く

ひと湿りひとしめりごとにエンドウはふくふく伸びて春の近づく

子のふとん干さんと持てば出で来たりスイカ模様のネイル一枚

カレンダーをめくりて部屋に春が来ぬ野原いちめんのたんぽぽの花

「目を見て」と娘はわが児を叱りいる母となりたる娘《こ》を見つけたり

穴の奥

われに降る雨粒を傘で受け止めて少し傾け真横へ流す

一歩ずつ確かめ確かめ足を置く踏み分け道を作る野原に

ドアを開けおい元気かと夫の言う湯ぶねに沈みものを思えば

大根を抜きたる穴の並ぶ畑《はた》穴の奥から草の伸びおり

穴の奥まで手を差し入れて草をひく大根畑を片づけおりて

すき焼きの七輪囲みし日のありき母に代わりて勘定講に

ふるさとの山卜さんへ山年貢八百四十円を納めに行きぬ

娘《こ》にとって頼めばたちまち何事も動いてくれる〈お母《か》ん〉という人

お母んにしてはゆったりしてると子の言えり「なるようにしかならぬ」と言えば

職休む娘はわが児の服を縫うミシン二台を机にならべ

またあした、またあしたねと帰り来る児の手のひらにタッチなどして

時計の足踏み

火消し壺へ燠を運びし十能で石灰まきて瓜を植えたり

大空へ背を伸ばしたり畝の上《え》に髭持つ玉ねぎずらりとならべ

半年をまた母の田んぼを守ったと玉ねぎ引きつつひとり呟く

西の空にまつ毛のような月のあり家路を急ぐわれを見つめて

二歳児のどんなしぐさも可愛くて　この先にある遠い道のり

物干しに喉震わせつつ座り居る田から連れ来し緑の蛙

ぷるるんとプリンは一度身ぶるいすまるい皿の上《え》　母に会いたい

二歳児ははっぴーはっぴーと歌いおりお誕生会の歌の片言

「ママすごーい」と両手を上げて二歳児は母の飛ばしたシャボン玉を追う

日に日にとことばの増えて話す児におうむ返しにことばを返す

おろおろと土鍋を出しておじや炊く児が熱出したと電話のありて

一日を三十八度の児と遊ぶ時計の針は足踏み多し

孫を抱きし昼間のちからの夜に無く畳に手をつき立ち上がりたり

アーカイブゾーン

どこからか「のんびりせよ」の声がする　東の空に白い雲立つ

「めでたいでんしゃ」が通ればいいなと通過待つ警報機のなりだした踏切で

トマトの葉にカルシウム液を吹きかける治れ治れとことばかけつつ

健康保険の高齢者受給者証がついに届きぬ　蟬が鳴いてる

寝ころびて二階の窓に空を見るいつか見た青　底のない青

アーカイブゾーンと名付けて押し入れに羽釜や斗枡、火鉢を仕舞う

藁の青き匂い

カレンダーを一枚めくり見つめおり並ぶ数字に時間感じて

「教育」をわれに説きたる弟の二十歳の手紙はインクが青い

虫の音が静かな湯ぶねに聞こえ来る九月はじめの土曜の夜半

受け入れていかざるを得ぬこと多くなり庭の虫の音しんしんしみる

山里の〈土間でつながる木の家〉に風そよぎ来て木の香の満ちぬ

赤とんぼの無数に群れてまるく飛ぶ稲刈る機械の動く周りを

コンバインの作業終えたる田の面にきざまれし藁の青き匂いす

水しぶきを摑まんと児は手を伸ばす水車の回る蕎麦屋の店先

ふるさとの田んぼの畔の球根を植えたる鉢に彼岸花咲く

さあ行かんとすればスマホが音たてて子守りの解雇に便秘おさまる

霜月なかば

離れ家に残る荷物を整理する結婚前の子の息が聞こえる

これ捨てるこれは捨てないひとりごつ子の好みしもの少し分かりて

山茶花を夫と掘り上げ移植する数多のつぼみを落とさぬように

庭掘りて芽の出始めし球根をむりやり起こす白き根痛し

「ばあばのおうち、こわされてるで」二歳児は解体途中の離れ家覗く

見上げれば空広くなりて星のあり　家あとに立つ霜月なかば

朝のめまい

こんなふうに近づき来るのか最期とは　まだ明けやらぬ朝のめまいに

負けへんと何度叫べど出来ぬことやっぱりありありぬもうすぐ冬だ

あなたには無理でしょうねという人の声に羽つけ空へと飛ばす

坂の下の櫓田の畔に腰かけて娘の車の来るを待ちおり

この坂を抱いて帰りしこともありチャイルドシートを孫は嫌がり

II

上棟式

龍神へ谷に沿う道走り行く山のあわいに靄白く立つ

皮の上に目鼻を書きて母と児が「みかん星人」とはしゃぎ遊びぬ

貝殻や瓦のかけらが出できたり庭に昔の息が聞こえる

十日後の上棟式の夢を見き腕の硬直覚めてさすりぬ

わが家の上棟式の記録あり「母のおにぎり釜四杯分」

子の建てる家の節目におにぎりを握ることなく見守りており

クレーンが梁釣りあげて棟梁の振る手に合わせ梁を下ろせり

わが家と庭をはさんで柱建ち子の家しだいに形あらわす

紀州材の仄かな香り漂いぬ上棟式を終えた家から

春の海

サイレンが明けやらぬ空に響き来るしらす獲る船の戻り知らせて

散歩する浜への道の塀越しにしらす加工の白き湯気立つ

本脇《もとわき》に今も三軒の「じゃこや」あり釜揚げしらすの潮の香のする

「じゃこや」には河童が二匹座り居て訪い来る人を横目で見つむ

赤と黄のラグビーボールに似た浮きが浜に並びぬ網が干されて

春の海の彼方は空と溶け合いて淡路の島影ぼんやり浮かぶ

ゆったりとかすかに羽を撓らせて浜辺の空を鳶が飛び行く

もうすぐ三歳

父母より受け継ぎ使う鍬の柄の「丸山」の文字薄くなりたり

草引けば藁の付き来る草の根は畝に敷かれし藁つかみいて

どんよりと空が頭上に降りてきて草引くわれの手せわしく動く

赤と緑の鬼が来たのと二歳児は八の字眉で昼間を話す

〈もういいかい〉しようよと児に誘われて積み木の隙間に顔を隠しぬ

われはチョキ児はパーをして確かめる夕日射す道に影の動くを

園のごと「そろいましたか」児が言いて夕餉始まる　もうすぐ三歳

紙風船

玉ねぎの茎持つわれを児が引いてママが児を引き絵本を真似る

里の田よ覚えているか父母が土を耕し稲を植えしを

里の田の間近を「くろしお」走り行く窓の人影まばらに乗せて

ストローで児が息吹き込めば少しずつ皺が伸びゆく紙風船は

道端にたんぽぽに似た花そよぐ　図鑑を調べ「ブタナ」と知りぬ

コロナ感染症流行のため登園を自粛

五時半の目覚まし時計に起こされて今日も「自粛」の子守り始まる

帰宅してシャワーの後に児を抱く病院勤務の娘の近ごろ

大きくおなり

看板に「ひ」の文字見つけ三歳はひなこの「ひ」やと顔中笑まう

三歳児とおたまじゃくしをつかまえぬ水田のくぼみに網差し入れて

みずみずしき背のアオガエルを見つけたり庭草の中に豆粒ほどの

今日もまた庭にたっぷり水をまく庭のどこかに蛙の棲みて

「ひなこもおとなになるん？」眉寄せて聞きくる三歳　大きくおなり

わが家の隣

子の家の完成近し職人の声が飛び交い音ひびきたり

子の家の勝手口からわが家《や》へと庭を横切る石を敷き詰む

わが家の隣に子らが引っ越しぬ小降りの雨にガラスが曇る

新しい家のフェンスに紫のクレマチス一輪雨に濡れおり

鍋を持ち庭を横切り子の家へ料理を運ぶ行ったり来たり

残されし日々の生き方これもよし孫のお迎え夕餉の支度

付け根から違うことなく順番に色づいていくプチトマトの房

本脇の漁港の岸にちゃぷちゃぷと寄せ来る波は三角つくる

他所のこと他所のことよとつぶやきぬ娘には娘の考えあらん

秋の近づく

麦わら帽子をかぶり真昼に竿を出す庭しんとして蟬の声なし

リヤカーを引く母鍬を振るう母働く母が立ちては消える

今日もまたひと日をふつうに仕舞いたり夜半の湯ぶねに虫の声浸む

ここにトマトをむこうにすいかを　疑わず来夏の作付け思うわれあり

庭の木の根元に群れるつゆくさに青い花咲く　秋の近づく

わが骨を匙に一杯ふるさとの田んぼに撒いてと夫に頼みぬ

ことさらに用事なけれどおとうとの声聞きたくて電話してみる

ベロベロバー

谷川の土手にススキの株のあり穂を抱く茎は太く膨らむ

千手川に架かる木の橋に蔦絡む幼き母が遊びしところ

ゆるやかに時間の流れる一日《ひとひ》にはねこが声立て足にすり寄る

何歳になるのだろうか預かりて四年が過ぎぬ二匹のねこは

「ベロベロバー」三歳の児は嫌なとき腹立つときの気持ち伝える

二階の窓の障子二枚を張り替えぬ糊付けの斑内から見えず

ぬいぐるみをまるく並べし窓際は児の「陣地」なりそっと掃除す

種蒔きを終えて湯ぶねに湯をはれば風呂の小窓に夕日射し込む

草むらに娘は児を連れバッタ追うわれが娘《こ》を連れ追いし草むら

青空のまぶしい昼に里芋の皮をこそげぬ今日は十五夜

団子など供え縁側にわれと子と孫と並びて月眺めたり

這うように大根菜《だいこな》まびく媼あり皇帝ダリアが畑隅に咲く

浅漬けの朝餉を想いしゃきしゃきと秋の夜長に白菜きざむ

玄関のドアの鍵あける音がして酒に陽気な夫帰り来る

七五三

〈千歳飴〉の手提げ開ければ七匹の小さきひよこや鉄砲出でぬ

神様は狼やてと三歳は「国懸《くにかかす》大神《おおかみ》」を祝詞に聞いて

三歳はプリキュアの靴に履き替えぬ着物の袖を肩までめくり

どれほどの記憶がこの児に残るだろう抱かれしことやわれの味付け

明け方に夢を見ぬまだ先生で子らの名前を黒板に書く

抱きしめてと夕餉の後に娘《こ》が言いぬ己がバランス崩しいるらし

転ぶ

瞬間の記憶はなくて気がつけば車の後に転びていたり

月曜に手術しましょうと医師告げぬ折れし手の骨画面に白し

「あっすべった」器械の音がしばし止む骨に鋼線入れる手術に

手術終え感覚のない左手を右手で受ける胸のあたりに

ぼってりと熱くて太い大根をいだくがごとく左手を抱く

包帯に児がクマのシールを貼りくれぬ「どんなにしたん？」とそっと撫でつつ

肋骨も折れているらしぼちぼちと夫の手を借り夕餉を作る

水甕に張りし氷は暮れてなお厚き氷に柄杓閉じ込む

初めてのＺｏｏｍ

気持ちをばポンと押しくれる人のあり初めてのＺｏｏｍに挑戦したり

われも入るＺｏｏｍの画面に新しき人とのつながり広がりゆきぬ

金色にほっぺの産毛が光りたり夕日見せんと三歳抱けば

左手がなんだか軽い骨つなぐための鋼線今日抜きくれて

たまねぎも草もぶくぶく伸びており二月《ふたつき》ぶりに野良に来たれば

黙々と草ひきおれば鴉鳴くたまねぎ小屋の屋根に止まりて

われの手を気遣い夫はついて来て野良で初めて草ひきをせり

田の間の細き水路にじょびじょびと水流れ来ぬ　春はまぢかに

雨のにおい

お迎えの玄関先の傘のなか「雨のにおいがする」と幼は

ムスカリは好きな青色と三歳はアンパンマン鋏でみな摘み取りぬ

三歳と「青、赤、ピンク、どれが来る？」めでたいでんしゃの色当てをする

月に一度訪ねる家の坂道を下りたところで土筆に出会う

ばたばたと羽をしきりに動かして土入川《どうにゅうがわ》を鳥渡り行く

母親と並んで歩く三歳のおしりのフリルが揺れて波打つ

お気に入りの店に行かんと児はぴょんとエスカレーターにうまく飛び乗る

枕元に絵本積み上げあとひとつあとひとつを読む昼寝の助走

おうちりょかん

子の家に〈おうちりょかん〉の紙張らる引き戸開ければ〈受付〉のあり

家内に張り紙多し矢印に絵も添えられて〈おふろ〉や〈といれ〉

昼寝から目覚めしおさなの後ろ髪鳥の巣のごと絡まりており

児が振り向けば児の手のホースも振り向いてわれや窓までぐっしょり濡らす

じいじとばあばも一泊す番号を書いた厚紙の鍵を受け取り

連休を家居に過ごす娘《こ》の遊び〈おうちりょかん〉は消灯八時

赤き顔して

一輪車にたまねぎ七把積み上げてわが生き様とぐっと押したり

三歳はそろりそろりと足を入れしろかき終えし田に蛙追う

後ろ足をまっすぐ伸ばし泳ぎたり庭の蓮鉢に蛙放せば

電話あり昼餉をふたくち食べた時すぐに園へと迎えに走る

事務室の布団の上に三歳はお熱があるのと赤き顔して

ドンゴロスに購いし氷を包み置き冷やしてくれき　子どものころに

ひょごひょごと日々を生きればそれでいい母の歳まであと十余年

夕暮れの東の空に見つけたり大きく伸びて虹の架かるを

私が決めた

さとうつぶを散らしたような花をつけ紫式部の枝の揺れおり

四歳はもう遊んであげないと横を向くわれのひとこと気に入らなくて

遊びにも成長ありて時計見る母の帰りを待つ四歳は

後悔をきっとしますよと医師が言う飲まないことは私が決めた

わが家だけの断水

夜十時Ｚｏｏｍ歌会は閉じられて余韻の残るパソコン閉じる

「終わったかあ」音を立てずに隣室で二時間過ごしし夫の入り来ぬ

妙な音が聞こえると夫が言い出しぬ音を捜して軒下歩く

家々の窓に灯りの静かなり狭間の道に水の音する

排水溝のふたを上げればわが家の古き土管が水を吐き出す

水道の元栓閉めてもくるくるとメーターの針は回り続ける

市役所の電話番号を夫が言いわれは警備の人と繋がる

真夜中に水道局の人が来て水の流れを止めてくれたり

わが家だけの断水生活始まりぬ水道管の漏れ場所不明

避難して来いと娘は言うけれど生活リズムの違い大きく

娘《こ》の家の蛇口にホースをつなげたり庭越え窓越え風呂へと延ばす

土石流のニュース話しつつ職人は機械うならせ地面を割りぬ

あちこちを掘れどわからず水道を新たに引きぬ床下這わせて

しゅぱぱっと蛇口は空気を吐きだして水流れたりいつものように

くり返しくり返せる日々有り難し　今日も冷たいスイカがうまい

おうち縁日

朝早く娘《こ》から電話あり「夕食を〈おうち縁日〉の屋台にするわ」

赤と白の布地捜して縫い合わす屋台の垂れ幕われが作りぬ

手作りをパックに詰めて並べたり厨のテーブル屋台に変わる

わいわいと〈おうち縁日〉始まりぬママは浴衣でパパははっぴで

かき氷、焼きそば、たこ焼き、トマトなどイラスト入りのメニューが下がる

豆絞りのはちまき巻いて「いらっしゃい」呼び込むわれは屋台の売り子

四歳が初めて食べるチョコバナナ串に刺されて紙コップに立つ

娘らはコロナ消えたら本物のお祭りに行こうと笑顔で話す

今しかない

居間にいては夫に届かぬ虫の音に耳澄ましたり縁に並びて

稲掛けの足のみつまた庭に立てシャツ干す竿に風わたりゆく

ままごとに羽釜貸し出す竈《へっつい》に薪くべる母を思い出しつつ

娘らは〈今〉しかないと出かけたり昨日の感染和歌山ゼロで

「大阪の水族館に行ってきた」児はおおさかに力を込めて

四歳は見て見て見てと見せくれぬ海遊館で撮りしママの足

右肩へ丑三つ時に湿布貼る石灰沈着性腱板炎の

ほほの裏に白きふわふわくっつきぬ口の中にもカビ生えるらし

沈みゆくからだと心を引っぱりぬ釣りし魚を引き上げるごと

井戸を掘る

紀の川に架かる水管橋が崩落す　断水の六万戸にわが家含まる

給水車に水汲みに行く　井戸水を桶で運びし日々に戻りて

給水車にもらい水して洗濯す盥で洗いし母のごとくに

断水で生き生きしてると夫の言うバケツや杓持ちせわしきわれに

断水にポリ缶と水を京都から運びくれたり　おとうとありて

庭に井戸を掘りたいと娘《こ》は言い出しぬトトロのようなポンプも据えて

職人は機械操り土を掘る霜月土曜の時雨れる午後に

そりすべりの服を着こんで座り込み児は井戸掘るをじいーっと見つむ

庭隅の六メートル下の地下水が汲みあげられてバケツに光る

井戸掘りし周りに夫と塩を撒くさりげなく撒き子らには言わず

Ⅲ

鬼の来る日

われよりも長く生きおり土の上に赤き芽を出す母の芍薬

掘りし井戸に手押しポンプで水を汲むむかしのように水は温くて

「プリキュアにまだ変身ができやん」と鬼の来る日を児は恐れおり

鬼来るを怖がりいる児と柊の小枝に刺しぬ鰯のあたま

鬼が来たと児は信じたり翌朝に戸外に置きし小枝なくなり

季節をめくる

赤き実が風に揺れおり南天は鬼門の方に背を高くして

窓枠に空切り取ればねずみ色電線四本が撓り揺れおり

年の瀬に転んで傷めた娘《こ》の足はギプスがとれてリハビリ始む

枯草の下に芽吹く蓬を見つけたり寒の雨降る田の畔の隅

夏みたいに虹を作ってとせがまれてホースの口を夕日に向ける

キラキラと水は夕日に輝きぬ　冬の夕日は虹をつくらず

蔓伸びて支柱の先に揺れており風鈴のようなクレマチス咲く

刀はここ扇はここと娘《こ》と孫は雛を飾りぬ日曜の午後

じゃがいもを植えんと土を耕せばほんわか黒く春の匂いす

切り口に灰をまぶした種芋を芽の位置確かめ土中に埋める

大根を引きたる後の太き穴昨夜の雨に水たまりおり

今日もまたひとつ季節をめくりたり大根畑を片付け終えて

白き花を児に見せたくて畝の端《は》に大根五本を引かずに残す

鍋焼きうどん

ふくふくとふくらんでいく四歳は電話に出でて親に伝える

コロナ感染状況のニュース

日本地図に真っ赤に塗られる〈過去最多〉赤の多きが毎日続く

具だくさんの鍋焼きうどんを娘《こ》がくれぬワクチン接種に高熱出して

四歳の作りくれたるデザートはみかんがまるく並べられおり

「もうすぐね、らいおん組からきりん組になるんやで」児はわれの眼を見て

パスタランチ

桃の花の小さき苗木を庭に植うわれ亡き後の花思いつつ

わが背丈ほどに伸びたるラディッシュに仄かピンクの花びら開く

くしゅくしゅっと萎みゆくとき透明のため息ひとつわれを出でゆく

娘《こ》はスマホわれは天守を見つめ待つパスタランチを注文のあと

寄り添うは難しきこと引き出しを空っぽにしつつ満たすごとくに

どぶ川の水面に白く光りたり小さな魚が跳ねつつ泳ぐ

遠回りしてれんげ畑を見つけたり牛の餌刈る母を思いぬ

ミシンの音

「大根と三角のんとじゃがいもと」児はおでん作れとことば並べて

あやとりの箒で畳掃くまねをしつつ児はわれをキャッキャッと追う

考えて考えて読む鏡文字手紙くれし児はもうすぐ五歳

採りたての熟れたいちごを頬張れば母の育てしいちごの甘さ

ここちよいミシンの音の聞こえ来る娘《こ》の体調の少し戻りて

児は植えしトマトの苗に水をやる絵本の通りに声かけながら

大、中、小、青、赤、紺のシャツ干さる背《せな》の〈風の子〉風になびきぬ

節分に一枝欲しくて購いし鉢の柊が新芽を伸ばす

すいかちょうちん

包丁を入れるやピッと罅走る赤く食べごろ今朝取りすいか

五歳児とすいかのちょうちん作らんと畑見まわり指で音聴く

スプーンで丸くくりぬき実を出しぬすいかちょうちんはお化けの顔だ

押し入れの奥に見つけたり七歳の娘と綴りし交換日記

ころころと交換日記に並ぶ文字七歳の娘《こ》は父母を労る

よかったら

「よかったら」が「一緒にやろう」の上に付く積み木に誘う五歳一か月

窓ガラスを外せばやさしく風の来て空が広がる二階の部屋に

クレーンの先が二階の部屋へ伸びピアノを摑む　そろり動きぬ

一本の紐に抱かれて夏空をピアノはゆっくり地上へ降りる

息合わす男二人に担がれて娘《こ》の家へピアノ運ばれ行きぬ

保育所へ行けば頑張り過ぎるから休むと言う児と一日遊ぶ

わが足は歩くも走るも追いつけずお願い待ってと五歳に頼む

ゼリーの蓋

雨の降る〈地蔵の辻〉の交差点ほこら跡あり信号霞む

うすひきは十月やでとメール来ぬ三俵頼むと友に返事す

カレンダーに〈ばあばは留守〉と書き込んで丸く囲みし日の近づきぬ

どうしようゼリーの蓋がめくれないわが指先にちから込めるも

再びの無い瞬間を繋ぎつつ息をしている　夕焼け小焼け

裏庭に話し声して窓見ればボンベ抱えて電話する人

ガスボンベの交換終えて帰りゆく青い帽子は秋の空色

氏子の提灯

しおれたる大根菜《だいこな》の根元ほじくれば土に隠れてヨトウムシなり

キャベツをも機械で植えると友の言う機械代金の繰り言しつつ

豆がらで母が追い炊きしてくれしランプの灯る木の風呂思う

一畝にたまねぎ、豌豆、そら豆を植えて腰伸す　空高く青

ゴミ出しを済ますや夫は出かけ行く憲法フェスタへ署名とらんと

境内に氏子の提灯点りたり夫の名前がふたつ揺れおり

想像の絵

格子戸の続く街並み中ほどに板に「とうふ」の看板下がる
（奈良、今井町）

おのればえの蔓が一尺ほどに伸び霜月の朝あさがお咲きぬ

たのもとで一寸法師に出会いたり汁椀ひとつ桶に浮かびて

想像の絵を描こうよと真ん中に大きな丸の画用紙くれぬ

大きな丸の真ん中に児は窓を描くポニーテールもリボンも虹も

「しゃぼん玉に映っているんよ」五歳児はまるの中の絵を指差しながら

『おおきな木』の切り株のようになりたいと思う日々なり　ひょこひょこ動く

土の中から

気にかけて電話をくれる友のあり喉が痛いと告げて七日目

子の家の屋根の上から日差し来てわが家の縁にほっこり日なた

夢に来て吾と遊ぶ児は目覚めれば娘か孫かよくわからない

夜八時湯ぶねにシャワーの雨降らせ親の帰宅待つ児と風呂に入る

雪が解け二日の過ぎて立ち上がる雪に倒れし大根《だいこ》の葉っぱ

片時も黙ってへんなと言われつつ機嫌良き子に言葉あびせる

チューリップがちょこんとふたつ芽を出しぬ土の中から春始まりて

ひなこはね

「ひなこはね、あしたスキーをするんやて」雪のロッジから五歳の電話

見守ってくれてるんやでとその母は月が追いかけて来ると言う児に

車窓開け大きな声で「みなさーん」と児は呼びかけぬ園の帰りに

ママといるときはしないと言いながら運転席の背を蹴り遊ぶ

「おい、やめろ」叫ぶ女孫はきりん組十七人のうち女子は二人で

「ばあば、来て」が「ばあば、早く来い」に変わるとき鍋の野菜はしばし休憩

「ばあばの子はママでママの子はひなこやろ」五歳は指で家族を数う

夕暮れて月が黄色く色を帯ぶ子らは夕餉を囲みておりぬ

半世紀過ぐ

子や孫の書きくれし絵が四枚あり部屋の柱にわれを見下ろす

手足出てやがて肩出る絵の中にわれの時間もたしかにありき

わが足で浜まで五分　本脇の村に暮らして半世紀過ぐ

ああ今日も村にサイレンの響き来るしらす獲る船の戻り知らせて

和やかにパスタランチを娘《こ》と食べるあれから一年城眺めつつ

よそ様は羨むけれどなかなかに　娘夫婦の隣家に暮らす

子や孫がほっこり座れる切り株にわたしは未だなれぬままいる

笹を刈る

ふるさとの小さき畑に笹を刈るわれの背を越す笹が繁りて

「あの畑を遣るよ」まぎわに言いし父　あの頃農は土地が大事で

大根など母は作りき　そののちは作る人無く三十余年

線路道に面した畑は線路との境界だけは草が刈られて

さやさやと伸びし笹の軸抱くようなカマキリの巣を四つ見つけぬ

笹を刈る畑の際を〈くろしお〉が走り行きたり　母を思いぬ

線路際の小さな畑は二つありひとつを北野さんがもらってくれき

余命宣告

「十分生きた、天命や」と夫は受け入れぬ数か月という余命宣告

静かなり「けんかもいっぱいしたよね」と五月の庭にふたり並んで

癌が見つかり余命宣告受けてより二十日ばかりで夫旅立ちぬ

娘《こ》と選ぶ棺の夫に着せる服好みしスーツわれにわからず

葬儀屋は「えっ初めてです」と驚きぬ夫にピンクの棺を選ぶ

「核兵器のない世界めざして」のポスターと署名用紙を葬儀場に置く

葉の陰に曲がりて伸びしきゅうりあり「もう千切ろよ」と夫なら言わん

「生きてるかぁ～」と朝に電話をくれし娘《こ》は一日ぼおっとしたいと言いぬ

「じいじ、まだ、幽霊になって来やんなあ」児はしゃぼん玉を次々飛ばす

酒を飲むだけ

弟は「一つの時代を生き抜いてあとは旨い酒を飲むだけ」と夫へ

葛餅とすいかを供え「市役所へいってきます」と留守番頼む

夫逝きて子への手伝い少し減り自分の暮らしに軸傾きぬ

夫の死後十日の過ぎてわれ宛に夫の住民税の納付書届く

夫の死後半月過ぎて届きたり夫の介護度〈要介護三〉

じいじのゆうれいは透明やでとママ言えば服膨らませ「ここにいる」と児は

「ゆうれいのじいじがふわり飛んでいる」児は〈仕上げの日〉空を見上げて

生きてきたつもりが夫に生かされていたこと多きに気づく日々なり

初盆

ふた月を放りっぱなしで庭草は生まれたところでのびやかに伸ぶ

ばあちゃんは動いていないとだめなのよ娘はその子にわれのこと言う

わが拇指で生きていたいか二月《ふたつき》の治療にめげず疣はピンクで

初盆ねと訪いくれる人多くあり夫の思い出それぞれ語る

空の向こう入道雲の広がりぬもういないという重たさ知らずに

プリキュアで遊ぶ児はつとつぶやきぬ「じいじはいつもパパイアやでな」

電話あり気持ちが軽くなるような言葉をいっぱいあびせくれる友

癌の確率

明け方の夢にあらわれた阿弥陀仏「よくがんばったね」と言いて去りたり

阿弥陀仏は夫かもしれぬ検査にて指は皮膚がんではないと告げらる

検診で甲状腺腫見つかりぬ癌の確率四割あるらし

今はまだすぐに手術はしたくない丑年生まれの〈こって牛〉なり

いつどこで何があるかはわからない今日を今日で仕舞いて眠る

いつもの声

天井に軸足立てて回りいる四枚の羽根が待合室に

来る人の誰も使わず台の上《え》にマイナカード受付機器の置かれて

雨戸打つ風雨の音は息をする　家にひとりで台風を聴く

窓を打つ風雨の音がしばし止む台風の目の通りいるやも

夏畑をかたづけ居れば蜂が飛ぶトマトの支柱に小さき巣のあり

耕した畝のあちこちに芽生えたり丸くかたまりトマトとすいか

ようやくに地籍調査の始まりぬわが敷地内に里道あるらし

「終わったかあ」いつもの声がしたような　手伝い終えて家に戻れば

自分を大事に

携帯に「自分を大事にして」の文字残る夫の思いを反芻しおり

お互いを名前で呼び合うことの無く「ねえ」の後は「とうちゃん」そして「じいちゃん」

「とうちゃん」と大きな声で呼んでみる夏の終わりのひとり居の真夜

じいじが夢に来たと娘も孫も言うどうしてだろうわれには来ない

暮れなずむ空をはるかに眺めつつ家路を急ぐ子らはコロナで

支えられていたこと多きに気づく日々四月《よつき》過ぎたり　ひがん花咲く

六歳

腰ほどの高き竹馬でグランドを児は一周す　くじら組なり

「どんな子か聞かれて答える日はまだ？」と就学前の検診を待つ

六歳は「まあ、ママ、そんなに言わんでも」娘とわれの中に入りて

届きたりハートが四つ水色の　児の選びたるランドセルなり

店先でいろんな色を背負う児のメールを夫はベッドで見つめき

食器棚の奥に小さき箱のあり〈ランドセルつみたて〉と上にわが文字

年金を受け取るたびにふたりして四年前から貯めた箱なり

台所に朱書きの一枚はられおり〈命名日菜子〉六年過ぎき

祭り

境内に青きはっぴの子ら集う七年ぶりの子ども神輿に

豆絞りのはちまき巻いてはっぴ着る児には初めての神社の祭り

雨上がりの境内の木々はしっとりと祝詞の声が吸い込まれゆく

社務所から子ども神輿が参道に運び出されて歓声上がる

鳳凰が神輿の先に羽広ぐ「フェニックスや」と児は叫びたり

「わっしょい」と声あわせつつ進み行く小学校までの村のなか道

薄れゆく村落共同体のつながりに子ども神輿は知り人増やす

ひょごひょごと

稲架けのみつまたの足を三組立て竿を渡してふとん干したり

稲架けのみつまたはわれの郷愁なり父母の稲干す汗を知りおり

独り居は忙しくなりぬ夫のせし家事もみなわれがするしかなくて

養いしキンモクセイが花つけぬ夫と掘りあげ四年が過ぎて

あとしばしひょごひょご動き子や孫がほっこり座れる切り株目指さん

赤子をば抱いて見つめしつゆ草は庭の木陰に株ふやしたり

あとがき

この歌集は、『あすなろのままに』に続く私の第二歌集です。二〇一八年から二〇二三年までの四六三首を収めました。

この間、二〇二〇年以降、新型コロナウイルスの感染が広がり、様々な制限のある日々が続きました。その中でも、娘家族は工夫をして休日を過ごしていました。また、世界の中では今も戦争が続いている地域があります。平和で、子どもたちが未来に希望の持てる世の中であってほしいと切に思います。

娘に授かった児は六歳になりました。この歌集に、その児の描いた絵を入れました。絵の、明るく穏やかな表情に、私はとても癒されます。この児が大きくなったらいつか、この歌集を開いてくれるでしょうか。

私は、はからずも昨年、夫を亡くしました。今、健康で歌を作ることのできる有り難さをかみしめています。

この歌集のタイトルとした「切り株」を詠んだ歌はこの歌集中に三首あります。ずいぶん前のことになりますが、私がまだ中学校の教師をしていたころ、学年を挙げて『おおきな木』（シェル・シルヴァスタイン・作絵　本田錦一郎・訳、篠崎書林）の教材化に取り組んだことがありました。私は、その時初めてこの絵本を手にしたのですが、よぼよぼのそのおとこが、切り株に腰かけた最後の場面がとても心に残っているのです。

齢を重ね、あすなろはあすなろでいいという思いが強くなり、今は、子や孫がほっこりできる切り株でありたいと思う日々です。

「塔」に入会して十年が過ぎました。短歌を通じてたくさんの方たちと出会い、繋がり、励まされ、支えられ、また、よい刺激をいただいています。これからもどうぞよろしくお願い致します。また、この歌集をお読み下さるみなさまにも感謝します。

この歌集をまとめるにあたり、松村正直様に助言をいただき、手助けしていただきました。ありがとうございました。

永守恭子様、なみの亜子様、松村正直様には、ご多忙の中、栞の執筆を快くお引き受けいただきました。深く感謝申し上げます。

出版にあたっては、今回もまた、六花書林の宇田川寛之様にたいへんお世話になりました。また、真田幸治様に、装幀の労を執っていただきました。記して深くお礼申し上げます。

二〇二四年一月

白井陽子

著者略歴

白井陽子（しらい　ようこ）

1949年　和歌山市に生まれる
2013年　塔短歌会入会
2018年　第一歌集『あすなろのままに』（六花書林）刊行

和歌山県歌人クラブ　委員
日本歌人クラブ、堺歌人クラブ　会員

住所
〒640-0113
和歌山県和歌山市本脇175－1

切り株

塔21世紀叢書第441篇

2024年 4 月19日 初版発行

著　者──白 井 陽 子

発行者──宇田川寛之

発行所──六花書林
〒170-0005
東京都豊島区南大塚 3 - 24 - 10 マリノホームズ1A
電 話 03-5949-6307
FAX 03-6912-7595

発売───開発社
〒103-0023
東京都中央区日本橋本町 1 - 4 - 9 フォーラム日本橋 8 階
電 話 03-5205-0211
FAX 03-5205-2516

印刷───相良整版印刷

製本───仲佐製本

定価はカバーに表示してあります
ISBN978-4-910181-63-9 C0092